INFANTIL
ALFAGUARA

D1367855

OSITO

POR
ELSE HOLMELUND MINARIK

ilustraciones de MAURICE SENDAK

ALFAGUARA

Título original: *Little Bear*
Traducción de Joaquina Aguilar

La maqueta de la colección y el diseño de la cubierta
estuvieron a cargo de Enric Satué ®

Primera edición: noviembre 1980
Undécima reimpresión: abril 1993

© 1957, by Else Holmelund Minarik
© de las ilustraciones, 1957, by Maurice Sendak
© 1980, Ediciones Alfaguara, S.A.
© 1986, Altea, Taurus, Alfaguara, S.A.
© 1992, Santillana, S. A.
Elfo, 32 -28027 Madrid
Teléfono 322 45 00
Beazley, 3860. 1437 Buenos Aires

Depósito legal: M. 11.600-1993
I.S.B.N.: 84-204-3044-7

© 1998 Santillana U.S.A Publishing. Co.
2105 N.W. 86th Avenue
Miami, Fl. 33122

Impreso en México

OSITO

PARA BROOKE ELLEN Y WALLY

INDICE

—¡Qué frío! —dijo mamá Osa—.
Mira la nieve, Osito.
Osito dijo: —Mamá Osa,
tengo frío.
—Vete, frío —dijo su mamá—,
que mi Osito es mío.

Entonces mamá Osa
cosió una cosa para Osito.
—Mira, Osito —le dijo—.
Tengo algo para ti.
—¡Vaya! —dijo Osito—.

Es un gorro para el frío.
¡Qué bien! ¡Qué bien!
Fuera, frío,
que mi gorro es mío.

Osito volvió a casa.
— ¿Qué te pasa, Osito?
— preguntó mamá Osa.
— Tengo frío — dijo Osito.
— Vete, frío — dijo su mamá —,
que mi Osito es mío.
Entonces mamá Osa
cosió otra cosa para Osito.

—Mira, Osito —le dijo—.
Tengo algo para ti.
—¡Vaya! —dijo Osito—.
Un abrigo para el frío.
¡Qué bien! ¡Qué bien!
Fuera, frío,
el abrigo es mío.

Y Osito se fue a jugar.

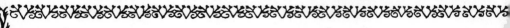

Osito volvió a casa otra vez.
— ¿Qué te pasa, Osito?
— preguntó mamá Osa.
— Tengo frío — dijo Osito.
— Vete, frío — dijo su mamá —,
que mi Osito es mío.

Entonces mamá Osa
cosió otra cosa para Osito.
—Mira, Osito —le dijo—.
Tengo algo para ti.
Póntelo y no tendrás frío.

—¡Uy! —dijo Osito—.
Pantalones para la nieve. ¡Olé!
Fuera, frío,
los pantalones son míos.

Y Osito se fue a jugar.

Osito volvió a casa otra vez.
— ¿Qué te pasa, Osito?
— preguntó mamá Osa.
— Tengo frío — dijo Osito.
— Vete, frío — dijo su mamá —,
que mi Osito es mío.

16

—Osito mío —dice Mamá Osa—,
tienes un sombrero,
tienes un abrigo,
tienes pantalones de nieve.
¿Quieres también
un abrigo de piel?

17

—Sí —dice Osito—.
Quiero también un abrigo de piel.

Mamá Osa le quita el sombrero,
el abrigo, y los pantalones de nieve.
—¡Ea! —dice Mamá Osa—,
ya tienes abrigo de piel.

—¡Viva! —exclama Osito—.
Ya tengo abrigo de piel.
Ahora no tendré frío.

Y, efectivamente, ya no tuvo frío.
¿Qué os parece?

LA SOPA DE CUMPLEAÑOS

– ¡Mamá Osa!
¡Mamá Osa!
¿Dónde estás? –grita Osito–.
¡Dios mío! Mamá Osa no está
y hoy es mi cumpleaños.

Mis amigos van a venir,
y no veo ningún pastel de cumpleaños.
¡Sin pastel de cumpleaños!
¿Qué voy a hacer?

La olla está en el fuego y el agua está
caliente.
Si echo algo en el agua,
puedo hacer una sopa de cumpleaños.
A todos mis amigos les gusta la sopa.

Vamos a ver lo que hay.
Hay zanahorias y patatas, guisantes y
tomates;
puedo hacer sopa de zanahorias,
patatas, guisantes y tomates.

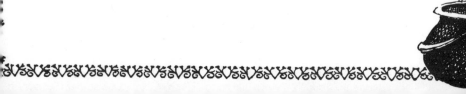

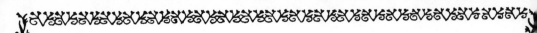

Osito comienza, pues, a hacer sopa
en la gran olla negra.
Llega primero Gallina.
— Feliz cumpleaños, Osito — dice.
— Gracias, Gallina — dice Osito.

22

Gallina dice:
— ¡Mmm! Algo huele bien aquí.
¿Está en la gran olla negra?

— Sí — responde Osito —.
Estoy haciendo sopa de cumpleaños.
¿Quieres quedarte y probarla?

— ¡Ah, pues sí, muchas gracias! — dice
Gallina.
Y se sienta a esperar.

23

Llega después Pato.
—Felicidades, Osito —dice Pato—.
¡Mmmm! Hay algo que huele bien.
¿Está en la gran olla negra?

—Gracias, Pato —dice Osito—.
Sí, estoy haciendo sopa de cumpleaños.
¿Quieres quedarte y tomar un poco con
nosotros?
—Gracias, sí, gracias —responde Pato.
Y se sienta a esperar.

25

Llega después Gato.
—Feliz cumpleaños, Osito —dice.

—Gracias, Gato —responde Osito—.
Espero que te guste la sopa de cumpleaños.
Estoy haciéndola.

Gato dice: —¿De verdad, sabes cocinar?
Si de verdad sabes hacerla,
la comeré.

—¡Bien! —anuncia Osito—.
La sopa de cumpleaños está caliente,
así es que la tenemos que comer ahora.
No podemos esperar a Mamá Osa.
No sé dónde está.

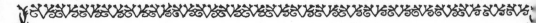

—Veamos, toma un poco de sopa,
Gallina
—dice Osito—.
Y otro poco tú, Pato,

28

y aquí tienes un poco tú, Gato,
y un poco para mí.
Y ahora, vamos a tomar todos la sopa
de cumpleaños.

29

Gato ve a Mamá Osa junto a la
puerta,
y dice: —Espera, Osito.
No empieces todavía.
Cierra los ojos y cuenta hasta tres.

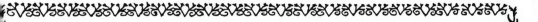

Osito cierra los ojos
y cuenta: —Uno, dos, tres.
Mamá Osa entra con un gran pastel.
—Ahora, ya puedes mirar —dice Gato.

— ¡Mamá Osa! — grita Osito —,
¡qué pastel de cumpleaños más grande
y bonito!
La sopa de cumpleaños está buena,
pero no tan buena como el pastel de
cumpleaños.
Estoy tan contento de que no te hayas
olvidado.

— Sí. ¡Feliz cumpleaños, Osito!
— dice Mamá Osa —.
Este pastel de cumpleaños es una
sorpresa que te preparaba.
Nunca he olvidado tu cumpleaños,
y nunca lo olvidaré.

OSITO VA A LA LUNA

--Tengo un casco espacial nuevo.
Me voy a la Luna —dice Osito a
Mamá Osa.

—¿Cómo? —pregunta Mamá Osa.

—Voy a volar hasta la Luna
—dice Osito.
—¡Volar! —responde Mamá Osa—.
Tú no puedes volar.
—Los pájaros vuelan —dice Osito.
—Es verdad —dice Mamá Osa—.
Los pájaros vuelan, pero no pueden
llegar hasta la Luna.
Y además, tú no eres un pájaro.

—Puede que algunos pájaros vuelen
hasta la Luna,
no sé.
Y quizás yo pueda volar como un
pájaro
—contesta Osito.

—Y puede también —dice Mamá Osa—
que seas un osezno pequeño y gordo
sin alas ni plumas.

36

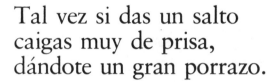

Tal vez si das un salto
caigas muy de prisa,
dándote un gran porrazo.

—Tal vez —concede Osito—.
Pero ahora me marcho.
Mira a ver si me ves en el cielo.
—Vuelve para comer
—advierte Mamá.

Osito va pensando:
«Saltaré desde un buen sitio, alto,
y subiré lejos por el cielo,
volando siempre hacia arriba.

Como iré demasiado aprisa
para mirar las cosas,
cerraré los ojos.»

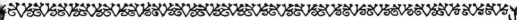

Osito sube a lo alto de una pequeña
colina,
y se encarama a la copa de un arbolito,
un árbol muy pequeño que había en la
pequeña colina,
cierra los ojos y salta.

Cae, dándose un tremendo porrazo,
y rueda dando tumbos colina abajo.
Cuando termina de rodar, se levanta y
mira a su alrededor.
—¡Bueno, bueno! —exclama—.
Ya estoy en la Luna.

—La Luna parece igualita que la
Tierra.

¡Caramba! —se admira Osito—.
Los árboles de aquí son igual que los
nuestros.

41

Los pájaros son igual que nuestros
pájaros.

–Y fíjate –dice–. Aquí hay una casa
que parece igual que la mía.

Voy a entrar y ver qué clase de osos
viven en ella.

– Mira – dice Osito –.
Hay comida en la mesa.
Parece una buena comida para un
osito.

43

En esto entra Mamá Osa y dice:
— Pero ¿quién eres tú?
¿Eres un oso de la Tierra?
— Sí, lo soy — contesta Osito —.
Me subí a una colina,
y salté desde lo alto de un arbolito,
y volé hasta aquí, como los pájaros.

44

—¡Vaya! —dice Mamá Osa—.
Mi osito hizo lo mismo.
Se puso su casco espacial y voló hacia
la Tierra.

Así es que supongo que puedes comerte
su comida.

Osito abraza a Mamá Osa y dice:
—Mamá Osa, deja de bromear.
Tú eres mi Mamá Osa
y yo soy tu Osito,
y estamos en la Tierra y tú lo sabes.
Y ahora, ¿puedo comerme mi comida?

—Sí —contesta Mamá Osa—,
y después puedes echar tu siesta.
Porque eres mi osito,
y yo lo sé.

47

EL DESEO DE OSITO

—Osito —dice Mamá Osa.
—Sí, Mamá —responde Osito.

—No duermes —dice Mamá Osa.
—No, Mamá —contesta Osito—.
No puedo dormir.

—¿Y por qué no? —pregunta Mamá
Osa.
—Tengo un deseo —dice Osito.

—¿Y cuál es tu deseo?
—pregunta Mamá Osa.

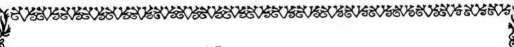

—Quisiera sentarme sobre una nube
y volar por todas partes —dice Osito.
—Eso es imposible, Osito mío
—dice Mamá Osa.
—Entonces quisiera encontrar un barco
vikingo —dice Osito—.

Y que los vikingos dijeran:
«¡Ven con nosotros, ven con nosotros!
¡Vámonos lejos, lejos!»
—Eso es imposible, no puedes tener ese
deseo, Osito mío
—dice Mamá Osa.

—Entonces, quisiera encontrar un túnel
—dice Osito—.
Que llegue hasta China.
Iría a China y volvería
trayéndote unos palillos.
—Eso es imposible, Osito mío
—dice Mamá Osa.

—Entonces quisiera tener un gran
coche rojo —dice Osito—.

Correría mucho, mucho.
Y llegaría a un gran castillo.

Saldría una princesa y me diría:
«Toma un poco de pastel, Osito»;
y yo me lo comería.

—Eso es imposible, Osito mío
—dice Mamá Osa.
—Entonces quisiera —dice Osito—
que una Mamá Osa
viniera y me dijera:
«¿Quieres que te cuente un cuento?»

—Bueno —dice Mamá Osa—,
tal vez eso sea posible.
Es un deseo modesto.

—Gracias, Mamá —dice Osito—.
Eso es en realidad lo que estaba
deseando.

—¿Qué clase de cuento quieres que te
cuente? —pregunta Mamá Osa.

—Háblame de mí
—pide Osito—.
Háblame de las cosas que he hecho.

—Bien —dice Mamá Osa—.
Una vez estabas jugando en la nieve,
y querías algo que ponerte.
—¡Ah, sí! Aquello fue divertido
—dice Osito—.

56

Háblame más de mí.
— Bueno —dice Mamá Osa—.
Otra vez te pusiste el casco espacial
y jugaste a ir hasta la Luna.
— Aquello también fue divertido
— dice Osito—.

57

Háblame más de mí.

— Bueno — dice Mamá Osa — .

Una vez creíste que no te había hecho pastel de cumpleaños,

e hiciste sopa de cumpleaños.

— Sí, aquello fue divertido — dice Osito — .

Y entonces llegaste tú con el pastel.

Tú siempre me estás dando alegrías.

— Y ahora — dice Mamá Osa — tú también puedes darme una alegría a mí.

— ¿Cuál? — pregunta Osito.

— Puedes dormirte

— dice Mamá Osa.

— Bueno, entonces, voy a dormirme dice Osito — .

— Buenas noches, Mamá querida.

— Buenas noches, Osito. Que duermas bien.

Fin

MAURICE SENDAK

Maurice Sendak, hijo de emigrantes polacos de origen hebreo, nació en Nueva York, en 1928. En su infancia ya disfrutaba ilustrando y escribiendo libros con su hermano Jack, cinco años mayor que él, libros que ellos encuadernaban con papel «cello», incorporándoles unas cubiertas primorosamente ilustradas y rotuladas a mano. Mientras cursaba sus estudios de bachillerato, trabajaba por las tardes y fines de semana en "All American Comics", adaptando las tiras de "comics" a los libros. Al terminar los estudios pasó a ser escaparatista de una tienda de juguetes. Este trabajo lo pudo compaginar con unas clases por la tarde en la Liga de Estudiantes de Arte. Allí aprendió dibujo del natural, composición, óleo...

Una amiga que conocía su deseo de ilustrar libros para niños le consiguió una entrevista con Miss Nordstrom, directora de ediciones de Harper & Row. De allí surgió una estrecha colaboración que dura desde 1950 hasta nuestros días.

Maurice Sendak ha ilustrado 55 libros; entre ellos, de H. Ch. Andersen, Marcel Aymé, Clemens Brentano, Robert Graves, los Hermanos Grimm, Ruth Krauss, George Macdonald, Isaac Bashevis Singer, Leon Tolstoi... Sólo siete han sido escritos por él.

En 1963 recibió la "Caldecott Medal" por su libro *Donde viven los monstruos,* y en 1970 ganó el Premio Internacional Hans Christian Andersen, en su categoría de ilustradores, siendo el primer americano que alcanza tan alto galardón. Sus ilustraciones para el libro de los Hermanos Grimm le valieron ser considerado por la revista americana "Time" como "el Picasso del libro infantil".